A Rookie reader español

Osos, osos por todas partes

Escrito por Rita Milios

Ilustrado por Keiko Motoyama

Children's Press®
Una división de Scholastic Inc.
Nueva York • Toronto • Londres • Auckland • Sydney
Ciudad de México • Nueva Delhi • Hong Kong
Danbury, Connecticut

Para Yuri y Miho
—K.M.

Especialistas de la lectura

Linda Cornwell
Especialista en alfabetización

Katharine A. Kane
Especialista en educación
(Jubilada de la Oficina de Educación del Condado
de San Diego, California, y de la Universidad Estatal de San Diego)

Traductora
Isabel Mendoza

Información de Publicación de la Biblioteca del Congreso de los EE.UU.

Milios, Rita.
   Osos, osos por todas partes / escrito por Rita Milios ; ilustrado por Keiko Motoyama.
p. cm. — (Rookie español)
Resumen: Una niña ve un oso en el aire, dos osos en la escalera y cuenta hasta diez osos
que bufan y resoplan. Afortunadamente, ¡son ositos de peluche!
   ISBN 0-516-25886-9 (lib. bdg.)   0-516-24613-5 (pbk.)
   [1. Osos de peluche—Ficción. 2. Contar. 3. Cuentos en rima. 4. Materiales en español.]
I. Motoyama, Keiko, il. II. Título. III. Series.
   PZ73.M48 2003
   [E]–dc21
                                                2003000013

Un oso que vuela.

Dos osos en las escaleras.

¡Mira! Hay tres
en aquel árbol.

Hay cuatro más,
ahí detrás.

Cinco osos un sillón comparten.

Osos, osos por todas partes.

Seis osos listos para dormir.

Siete osos que no
paran de gemir.

18

Ocho osos muy hambrientos.

Nueve osos me persiguen todo el tiempo.

Osos por aquí.

Osos por allá.

Osos, osos, por todas partes.

Diez osos resoplan cansados.

¡Son ositos de peluche!
¡Qué gran alivio me ha dado!

Lista de palabras (56 palabras)

ahí	dormir	mira	que
alivio	dos	muy	qué
allá	el	no	resoplan
aquel	en	nueve	seis
aquí	escaleras	ocho	siete
árbol	gemir	ositos	sillón
cansados	gran	oso	son
cinco	ha	osos	tiempo
comparten	hambrientos	para	todas
cuatro	hay	paran	todo
dado	las	partes	todos
de	listos	peluche	tres
detrás	más	persiguen	un
diez	me	por	vuela

Sobre la autora

Rita Milios es una escritora y editora independiente que ha publicado más de una docena de libros y numerosos artículos en revistas. Escribe tanto libros de ficción como de no ficción para niños de kindergarten hasta octavo grado. Tiene una Maestría en Trabajo Social y es también especialista en temas educativos y psicoterapeuta. Con frecuencia, Milios dicta conferencias a estudiantes, maestros y escritores. Tiene dos hijos ya mayores y vive con su esposo en Toledo, Ohio.

Sobre la ilustradora

Keiko Motoyama se graduó en el Centro de Artes del Colegio de Diseño de California. Ha trabajado como diseñadora de tarjetas de felicitación y ha ilustrado muchos libros para niños. Vive en Rancho Palos Verdes, California, con su esposo y sus dos hijas.